# LES

# SOLDATS ET LES SOEURS

## DANS LES HOPITAUX DE CONSTANTINOPLE

## 1855

Par CHARLES DUNAND,

INSTITUTEUR, EX-SOUS-OFFICIER.

PRIX : 1 F. 25

AUXERRE

IMPRIMERIE DE F. BOUDIN, PLACE DU MARCHÉ.

—

1860

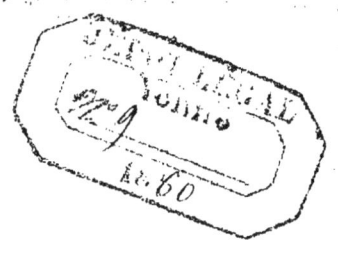

# LES

# SOLDATS ET LES SOEURS

## DANS LES HOPITAUX DE CONSTANTINOPLE

## 1855

### Par Charles DUNAND,

INSTITUTEUR, EX-SOUS-OFFICIER.

PRIX : 1 F. 25

AUXERRE

IMPRIMERIE DE F. BOUDIN, PLACE DU MARCHÉ.

—

1860

Conseillé et encouragé par des hommes compétents en matière de littérature, nous avons, en 1854, publié un recueil de nos poésies auquel nous avons ajouté deux chapitres en prose. Cet ouvrage, fruit de nos loisirs, nous a valu de nombreux compliments et des lettres de félicitation. Nous n'essaierons pas de publier toutes ces lettres qui sont pour nous un titre d'encouragement, car elles nous prendraient trop de place; nous reproduirons seulement celle de son Excellence le Ministre de l'instruction publique et des cultes, et celle de M. le Maire de la ville de Sens. Elles suffiront pour faire comprendre à nos lecteurs, que nous leur disons la vérité.

> Pourquoi mentirait-on? le mensonge est un vice
> Que le juste méprise autant que l'injustice.
> Tôt ou tard le menteur justement détesté,
> N'a qu'à se repentir de sa duplicité.

## A Monsieur Charles DUNAND,

INSTITUTEUR A SENS.

—

Monsieur,

Je vous remercie d'avoir bien voulu m'offrir votre recueil de poésies ; je ne saurais trop vous féliciter des sentiments excellents qui ont inspiré vos vers, et de la pensée charitable qui révèle l'application à laquelle vous avez destiné le produit de votre œuvre.

Recevez, Monsieur, l'assurance de ma considération très-distinguée.

Le Ministre de l'instruction publique et des cultes,

ROULLAND.

———

Sens, le 14 novembre 1858.

Monsieur Dunand,

J'ai été bien sensible à l'hommage que vous avez bien voulu me faire d'un exemplaire de vos poésies et je vous en offre tous mes remercîments. J'ai eu grand plaisir à lire votre recueil et je ne puis que vous en adresser mes sincères compliments sur les excellents sentiments qui s'y trouvent mentionnés à chaque page.

Je vous prie de me faire remettre deux exemplaires de vos œuvres, pour que je les dépose à la bibliothèque de la ville de Sens.

Recevez, Monsieur, l'assurance de ma considération distinguée.

Le Maire de la ville de Sens,

DELIGAND.

# Lettre d'un de nos anciens camarades de régiment.

—

Paris, le 25 mars 1859.

Mon cher Dunand,

J'ai reçu avec plaisir la lettre que tu m'as fait l'amitié de m'écrire et la copie de ton manuscrit : *Les Soldats et les Sœurs dans les hôpitaux de Constantinople*. Le facteur est entré chez-moi au moment où, pour la huit ou dixième fois, je relisais avec un nouvel attrait ton recueil de poésies ; plus je le lis, plus j'admire la facilité étonnante avec la quelle tu manies l'alexandrin et le bon naturel que tu sais si bien donner aux sujets que tu traites.

Ton fraticide involontaire, cette prose si chaleureuse, si coulante, m'a attendri jusqu'aux larmes ; hein !... attendrir le cœur d'un vieux soldat dans une œuvre littéraire, faire couler ses larmes sur ces pages brûlantes qui vous crispent, vous corrodent, j'espère que c'est là la véritable gloire de l'auteur ! mais bah ! est-ce que tu songes à la gloire toi ! pas si fou! elle est trop difficile à attraper !

J'ai lu avec intérêt et curiosité ton manuscrit ; à la bonne heure ! Tu sais tout ce qu'il y a de dévouement et de résignation courageuse dans l'âme de nos soldats ; tout ce qu'il y a de bonté, de douceur et d'abnégation dans ces bonnes sœurs de charité. Vraiment, on est heureux de lire de si belles et si sublimes vérités. Courage donc, mon vieux camarade, travaille au souvenir de nos vieilles garnisons et de cette belle et florissante Barcelonne.

Tu as eu une heureuse pensée de mettre ton ouvrage en forme de dialogue, car cette forme dramatique ne manque jamais d'intéresser le lecteur : porte-moi vite sur ta liste de souscription pour vingt exemplaires, et, après celà ose dire qu'un vieux soldat y va doucement et en tatonnant. Ah ! c'est que vois-tu, mon vieil ami, on se rappelle encore le pas de charge, le pas de course, le pas gymnastique; on n'a rien oublié, pas même le jour où Auger, le fricoteur, revêtu d'une peau de bœuf qu'il avait volée pour la vendre aux Grecs, fut, par punition, mis à genoux sur la place de Navarin, et vit défiler devant lui tout le régiment qui, joyeux et lisant le fatal écriteau, criait, non pas vive le Roi ! mais. voilà Auger, le voleur de peau de bœuf !... Tu t'en souviens,

Dunand, et, ce qu'il y avait de plus comique, c'est que les cornes étaient sur la tête de ce pauvre diable d'Auger.

Ah ! nous en avons bien vu d'autres pendant 13 ans !... Au revoir, je te quitte ; mais viens donc me voir l'un de ces jours, tu me feras bien plaisir, je te recevrai de mon mieux, j'irais bien à Sens ; mais j'aime mieux que tu viennes à Paris.

Tout à toi d'amitié,

La Gerbière, ancien capitaine.

# LES SOLDATS ET LES SŒURS

## Dans les Hôpitaux de Constantinople 1855,

### Par Charles Dunand,

*Instituteur, ex-sous-officier.*

—

### LA SŒUR PRUDENCE (au chevet du Capitaine)·

Capitaine Jamin, votre large blessure,
Est le triste sujet des peines que j'endure.
Votre douleur est grande, et vous souffrez toujours ;
Courage, il est un Dieu qui veille sur vos jours.
Ne vous affligez pas. La sainte Providence
Tient à votre chevet son flambeau d'espérance,
Soumis à ses décrets, vous saurez supporter
La peine et la douleur de vous voir amputer.
Hélas ! vous le savez, l'homme a sa destinée,
Et, de nombreux écueuils, sa vie environnée,
Lui prouve à tous moments qu'il est né pour souffrir.
Ah ! le couteau fatal à vos yeux va s'offrir !
Mais vous êtes chrétien, et vous savez vous-même
Ce qu'a souffert pour nous notre Sauveur suprême.

### LE CAPITAINE JAMIN.

Je vous comprends, ma sœur, je suis soldat chrétien
Et goûte dans mon cœur, votre doux entretien ;
Ma pensée est à Dieu, je l'invoque et le prie
De conserver encor Jamin à sa patrie.
Raglan, le fier Raglan, n'a-t-il pas d'un seul bras,
Dirigé son armée au milieu des combats,
Et de sa longue épée au plus fort du carnage
Montré, dans les périls, l'exemple du courage.
Oui, le héros Anglais, déployant sa valeur,

Quoiqu'amputé d'un bras, combattait en vainqueur!
Mais quoi! quelle pensée en cet instant m'agite?
Quelle appréhension rend mon âme interdite?
Ah! c'est donc aujourd'hui que le cruel destin,
S'arme pour m'amputer du scalpel à la main!
J'attends sans frissonner un chirurgien habile
Pour me trancher un membre à la France inutile,
Qu'il vienne, je suis prêt, prêt à subir mon sort,
Sans changer de visage et sans craindre la mort.
Non! l'amputation n'a rien qui m'intimide,
Moi, qu'on a surnommé le soldat intrépide;
Moi, qui versai mon sang dans plus de vingt combats,
Je saurai bien souffrir de la perte d'un bras.
De ce bras fracassé qui sut avec vaillance,
Servir son Souverain et le trône et la France
Et qui, naguère encor, plein de force et d'ardeur,
Portait partout l'effroi, la mort et la terreur.
Ah! si je fais d'un membre un si grand sacrifice,
Si le sort me condamne à cet affreux supplice,
Du bras droit qui me reste, ardent à me venger,
Je combattrai sans peur au mépris du danger.
Sébastopol! ô ville à jamais orgueilleuse!
Toi qui te crois en vain si puissante et fameuse,
Tes douze cents canons, tes vaisseaux sur les mers,
Te donnent-ils le droit d'insulter l'univers?
Penses-tu par ta flotte et de bronze entourée,
Que ta chûte en nos mains ne soit point assurée,
Et que ton appareil d'armes et de renforts
Puisse un jour triompher de nos puissants efforts?
Tremble! la foudre en feu sous tes murs se déchaîne,

L'oracle a le secret de ta perte certaine.
Aux yeux du monde entier, demain tu tomberas,
Et je serai vengé de la perte d'un bras !

### LA SŒUR PRUDENCE.

Calmez-vous, capitaine, et reposez tranquille,
Ah ! cette grande guerre en malheurs si fertile,
Ne nous envoie ici qu'officiers et soldats,
Martyrs encor sanglants des funestes combats !
Voyez ces malheureux, bien loin de leur patrie,
Ils souffrent sans espoir de conserver la vie.
Douze hôpitaux sont pleins de nos pauvres blessés,
Qui, par mes humbles sœurs, avec soin sont pansés ;
Mais malgré tous nos soins, malgré notre courage,
Tous les jours nous voyons, à la fleur de leur âge,
Expirer dans nos bras nos soldats valeureux.
 Hélas ! entendez-vous ces sanglots douloureux ?
Ceux-ci meurent frappés d'une balle ennemie,
Ceux-là se débattant contre l'épidémie,
Luttent, mais vainement, contre l'affreuse mort.
Tel est de nos soldats le misérable sort.
Le fils pleure aujourd'hui la perte de son père,
Et demain, dans la tombe, il succède à son frère ;
Mais avant de mourir, un prêtre toujours prêt,
Un aumônier pieux, veillant à leur chevet,
Est là qui les assiste. Oui, c'est dans la prière
Que nos soldats chrétiens terminent leur carrière.

### LE CAPITAINE (avec reconnaissance).

Emules de Belzunce, anges consolateurs
Que Dieu donne au malade en proie à ses douleurs,

Nous retrouvons en vous, la maison, la patrie,
Les sœurs de notre enfance, une mère chérie,
Des bienfaits, des conseils, des secours précieux,
Des soins de tous les jours et des cœurs généreux.
Oui, par votre présence, ô vertueuses filles !
Nous nous croyons encor au sein de nos familles.
Qu'il est beau de vous voir, par le plus saint amour,
Soigner le cholérique et blessé tour à tour,
Faire renaître en lui l'espoir et le courage,
En lui parlant du ciel dans un tendre langage !
Mais, ma sœur, si la guerre est funeste aux soldats,
S'il faut que nous bravions la fureur des combats,
En respirant ici le souffle de la peste,
Cet air contagieux, cet air toujours funeste,
Nos sœurs n'ont-elles pas, sans daigner y penser,
Des dangers à courir, la mort à mépriser.

### LA SŒUR PRUDENCE.

Oui, la cruelle mort peut ici nous atteindre ;
Mais la sœur est chrétienne et ne sait pas la craindre.
Notre vie est à Dieu, nous la tenons de lui ;
Lui seul, peut à son gré, la reprendre aujourd'hui.
Servante du Seigneur, l'humble religieuse,
Qu'au chevet du mourant vous voyez si pieuse,
Si prodigue en bienfaits, si pleine de bonté,
Si grande par le cœur et par sa charité,
Tout entière attachée à son saint ministère,
Ne voit rien ici bas qui l'attache à la terre.
Soulager l'infortune, adoucir le malheur,
Sont les vœux les plus chers qui font battre son cœur.
Elle aime à consoler par ses vertus sublimes,

Le pauvre prisonnier et nos tristes victimes;
Le Russe, le Français, le Musulman, l'Anglais,
Tous, de son tendre cœur partagent les bienfaits.
Rien ne peut arrêter l'essor d'un si beau zèle.
Le jour, la nuit, partout où son devoir l'appelle,
Elle accourt en priant secourir nos soldats
Qui, malgré tous ses soins, expirent dans ses bras,
Et, malade à son tour, la pauvre sœur succombe.
Hélas! déjà plusieurs reposent dans la tombe!
Et je crains, capitaine, oui je crains qu'en ce jour,
Notre bonne Antoinette y descende à son tour.

### LE CAPITAINE.

Ciel! que m'apprenez-vous?

### LA SŒUR PRUDENCE.

Qu'un ange charitable,
Que la sœur dévouée au zèle infatigable,
Qu'Antoinette, si vive et pleine de douceur,
Doit s'endormir sous peu, dans les bras du Seigneur.

### LE CAPITAINE.

Quoi! la mort sans pité pour son sexe timide,
Viendrait trancher les jours d'une marthe intrépide!
Elle qui nous soignait sans trève et sans repos.
Ah! la religion enfante des héros!
O Belzunce! ô Milay! vos noms sont dans l'histoire;
Et vous, Caron, Howard, d'immortelle mémoire,
Vous êtes dans les cieux, et nos sœurs ici bas
Honorent vos bienfaits et marchent sur vos pas!

*(En ce moment on remet une lettre de Crimée à la sœur Prudence).*

## LA SOEUR PRUDENCE.

Cette lettre est pour moi ! mais qui peut donc m'écrire ?
C'est un ordre sans doute, un ordre qu'il faut lire,
Je tremble, mon cœur bat, tout mon être agité
Présage, d'un malheur, la triste vérité.

*Elle ouvre la lettre et lit :*

Ma bonne et chère sœur Prudence,

Je viens avec douleur vous annoncer une bien triste nouvelle pour vous : l'amie de votre enfance, votre sœur Victoire,
est entre la vie et la mort ; atteinte du choléra depuis deux
jours, ses vomissements continuels l'ont tellement affaiblie, que
le médecin a déclaré que tous remèdes étaient inutiles ; c'est une
femme perdue ! Quand vous lirez cette lettre, elle aura cessé de
vivre. Hélas ! je partage avec nos chères sœurs, votre douleur qui
doit être grande. Priez pour elle.

Votre sœur en religion,

CLÉMENTINE.

### LA SOEUR PRUDENCE.

Ah ! que viens-je de lire ! aurais-je dû m'attendre
A ce triste récit que vous venez d'entendre ;
Aurais-je pu penser que, d'un si grand malheur,
Je dusse dans mon âme éprouver la douleur,
Victoire était si bonne et si jeune et si belle !...
Ah ! quand ma pauvre mère apprendra la nouvelle
Que sa fille n'est plus, il me semble la voir
Succomber sous le poids du plus grand désespoir.
Elle qui nous disait : J'ai la douce espérance
« Que pleines de santé, vous reviendrez en France,
« Et que dans quelques mois, vous serrant dans mes bras,
« Vous me raconterez, de nos vaillants soldats,
« Les revers, les succès et ces faits mémorables,
« Dont l'univers entier les connaît si capables. »

**LE CAPITAINE.**

Voilà de votre mère, un noble sentiment!
Oui, le soldat français par son grand dévoûment,
Par sa puissante ardeur et sa valeur guerrière,
Pourrait encor lutter contre l'Europe entière.
Eh bien, ma sœur, eh bien Victoire est en danger,
Je le vois; mais avant de tant vous affliger,
Songez que la nature a ses secrets bizarres;
Songez que l'on a vu, dans des cas bien plus rares,
Un pauvre cholérique, en son lit expirant,
Revenir à la vie, heureux et triomphant.

**LA SOEUR PRUDENCE.**

Mais, d'après cette lettre, est-il permis de croire
Et même de penser qu'un jour ma sœur Victoire,
Puisse à l'aide de Dieu, vaincre le choléra?
Je n'ose l'espérer.

**LE CAPITAINE.**

Songez qu'elle vivra.

**LA SOEUR HORTENSE** (entrant dans la salle en pleurant.)

**LA SOEUR PRUDENCE** (effrayée.)

Juste ciel! Hortense tout en larmes!
Quel est donc le sujet de vos tristes alarmes?

**LA SOEUR HORTENSE.**

Antoinette se meurt!.. Antoinette n'est plus!..
Le Seigneur la reçue au nombre des Elus!

**LA SOEUR PRUDENCE.**

Mon Dieu que dites-vous?

#### LA SOEUR HORTENSE.

Qu'elle a quitté la vie,
Après une cruelle et courte maladie.

#### LA SOEUR PRUDENCE.

Et je n'étais pas là pour lui fermer les yeux !
Je n'aurai pas reçu ses éternels adieux !
Ah ! son âme si pure au ciel s'est élevée,
Mais cette mort funeste est trop tôt arrivée.
Ce matin même encor, la voyant sans souffrir,
Je la croyais plus loin de son dernier soupir.
Antoinette était calme et les yeux pleins de vie
Mais le calme toujours précède l'agonie,
Et ce calme trompeur, précurseur de la mort,
Du sommeil éternel nous berce et nous endort.

#### L'AUMÔNIER (de l'hôpital.)

Ah ! de son dévoûment Antoinette est victime !
Mais si notre douleur est grande et légitime,
Si Dieu, dans ses décrets et par sa volonté,
Vient d'appeler au ciel la sœur de charité,
Si la mort en ces lieux, la mort capricieuse
Moissonne dans sa fleur notre religieuse,
Nous saurons, ô mes sœurs ! de celle qui n'est plus
Garder le souvenir de toutes ses vertus.
Antoinette était bonne, active, vigilante,
Douce envers le malade, affable et bienfaisante ;
Elle aimait par ses soins, par ses conseils pieux,
A faire du soldat un chrétien vertueux,
Un fidèle accompli, plein de foi, d'espérance,

Servant Dieu, l'Empereur et le trône et la France,
Quelle perte pour nous!.. mais cessons, ô mes sœurs!
Cessons sur son cercueil de répandre des pleurs.
Antoinette est au ciel ; et là haut elle prie,
Pour nos soldats blessés, l'armée et la patrie.
Et vous cher capitaine, et vous, mon cher Jamin,
Vous, qu'a conduit ici, le rigoureux destin,
On doit vous amputer. Mais, dans sa bonté même,
Le Dieu des affligés, ce Dieu juste et suprême
Qui, du fervent chrétien est le guide et l'appui,
Saura penser à vous si vous pensez à lui.
Oui, Dieu vous donnera, soldat cher à la France,
La force d'endurer la peine et la souffrance.

### LE CAPITAINE.

Ah ! si dans vingt combats j'ai su braver la mort,
Je saurai bien aussi subir mon triste sort !
La guerre à ses malheurs, ses succès et sa gloire ;
Mais il faut des martyrs pour prix de la victoire.
Combien de fois mon bras, par le fer épargné,
Dans le sang ennemi ne s'est-il pas baigné !
Au seul cri d'Empereur, de gloire, de patrie,
Je combattais gaîment sans craindre pour ma vie.
Et, si j'ai la douleur d'être amputé d'un bras,
Martyr, je souffrirai comme on souffre ici bas.
Je souffrirai pour Dieu qui, seul par sa puissance,
Protège l'Empereur et l'armée et la France.

*En ce moment on entend le canon du port.*

### LA SOEUR EMILIE, (regardant du côté de la mer)

Mon Dieu le canon tonne ! entendez-vous mes sœurs ?
C'est encor le signal de quelques grands malheurs,

Au lointain sur la mer apparaît un navire
Abord duquel, hélas ! plus d'un malade expire.
C'est un vapeur français chargé de nos blessés,
De ces martyrs sanglants pêle-mêle entassés
Souffrant horriblement dans des chambres infectes.
Ah ! la mer a pour eux des vagues trop funestes !
Ils souffrent des tourments plus cruels que la mort.
Mais déjà le navire est entré dans le port.
Quand voudrez-vous, mon Dieu, que notre digne armée
Ne verse plus son sang sur le sol de Crimée,
Et que la paix du monde, en des temps plus heureux,
Revienne parmi nous exaucer tous nos vœux,
Que vos enfants chéris, dispersés sur la terre,
S'aiment d'un pur amour sans penser à la guerre !
Eh bien, Hortense, eh bien, courons comme toujours,
Porter à nos blessés des soins et des secours.

### L'AUMÔNIER.

Allez mes sœurs, allez ; le navire est en rade,
Rendez-vous à son bord. Quand le pauvre malade
En proie à ses douleurs, mais plein d'espoir en vous
Vous voit venir à lui d'un air tranquille et doux,
Sa joie est à son comble ; il est plein d'espérance,
Il bénit votre nom et croit revoir la France,
Allez, et, puissiez-vous, par vos généreux soins,
Soulager nos soldats dans leurs pressants besoins.

*Hortense et Emélie accoururent prodiguer des soins aux blessés qui gémissent dans le navire.*

### LE CHIRURGIEN-MAJOR (suivi de ses aides.)

Capitaine Jamin, un destin trop sévère,
Ce destin qui vous vit si vaillant à la guerre,

Si grand dans les dangers, si fier dans les combats
M'amène jusqu'à vous pour vous trancher un bras.
Mais avant d'opérer, faut-il qu'on vous endorme
Par l'éther bienfaisant ou par le chloroforme ?

#### LE CAPITAINE.

M'endormir, dites-vous !... Aux yeux de l'ennemi,
J'ai combattu trente ans sans qu'on m'ait endormi,
J'ai vu sans frissonner, sur nos champs de bataille,
Voler à mes côtés le fer et la mitraille.
Allez, ne craignez rien, saisissez-moi ce bras ;
Coupez-le sans retard et ne m'endormez pas.
Je n'ai jamais manqué de force et d'energie
Et ne crains point ici l'art de la chirurgie.
Non, ce couteau tranchant, qui brille en votre main,
Ne fera point pâlir le courageux Jamin.

#### LE CHIRURGIEN.

Je n'ai jamais douté de votre beau courage,
Mais puisque de l'éther, vous refusez l'usage,
Ecoutez-moi, Jamin, je dois vous prévenir
De l'horrible douleur que vous allez souffrir :
Il est vrai qu'à la guerre, un acte de vaillance
Fait l'honneur du soldat, la gloire de la France ;
Mais je ne conçois pas qu'on veuille, sans honneur,
De l'amputation supporter la douleur.

#### LA SOEUR PRUDENCE.

Ah ! ne refusez pas ! acceptez, capitaine,
Et de vous voir souffrir, épargnez-nous la peine,
Endormi par l'éther, vous ne sentirez rien.
Acceptez, croyez-moi, pour votre propre bien.

2

Sans doute, le héros est fier de sa victoire.

Mais, souffrir de bon gré, sans honneur et sans gloire,

C'est vouloir sans mérite et sans nécessité

Méconnaître un bienfait de notre humanité.

Il est beau de savoir supporter la souffrance

Et de verser son sang pour son prince et la France ;

Mais cet honneur auquel aspire le soldat

Ne peut s'offrir à lui qu'en un jour de combat.

Vous êtes dans un lit !.. Pensez donc bien que l'homme

Qu'on endort par l'éther ou par le chloroforme,

Qu'on ampute à l'état d'insensibilité,

Ne saurait pour cela perdre sa dignité.

Vous êtes officier, et votre beau courage

Ne pourrait de l'éther, méconnaître l'usage,

### LE CAPITAINE.

Fille du Dieu vivant qu'inspire la vertu,

O vous qui ranimez le courage abattu ;

Vous qu'en ces tristes lieux, par votre humble prière,

Savez nous consoler à notre fin dernière,

Je sais que vos conseils sont des conseils pieux

Et je cède à l'instant au plus cher de vos vœux !

Vous m'entendez, major ? le reste est votre affaire.

Avant de m'amputer, faites ce qu'il faut faire.

### LE CHIRURGIEN.

J'hésite, maintenant ! votre amputation

Demande de ma part, de la réflexion :

Guidé par la pratique et mon expérience

Je dois en praticien, observer la prudence.

Eh bien oui, capitaine, il vaut bien mieux souffrir

Pendant quelques instants, que de vous endormir.
Il est vrai que l'éther comme le chloroforme,
Serait un grand bienfait pour la femme et pour l'homme
S'il n'arrivait souvent que l'être qu'on endort
Ne se trouvât frappé du sommeil de la mort.
J'ai reconnu vingt fois que ce moderne usage
Préconisé par l'art qui le trouvait si sage,
Après avoir rendu l'insensibilité
Ebranle le moral et détruit la santé.
Vous m'avez entendu ?... décidez, capitaine.

### LE CAPITAINE.

Eh bien, de m'endormir, épargnez-vous la peine.
J'ai le cœur assez bon, assez rempli d'ardeur,
Et je me sens de force à vaincre ma douleur.
Non, je ne me vois pas dans un péril extrême.
Le danger n'est pas grand, vous le savez vous-même.

### LE CHIRURGIEN (lui prenant le bras).

Courage, cher Jamin, de ce bras fracturé,
Vous allez, pour toujours, être enfin séparé.

### LA SOEUR PRUDENCE (tombant à genoux).

Mon Dieu qui gouvernez et les cieux et la terre,
Faites que sa douleur ne soit que très-légère,
Ne l'abandonnez pas ; rendez-lui la santé
Dès l'instant qu'il sera promptement amputé.
Faites luire à ses yeux cette double espérance,
De revoir sa patrie et de servir la France,
Et que d'un bras de moins, perdant le souvenir,
Il puisse voir encor un heureux avenir !

*En moins de huit minutes le capitaine est amputé.*

### LE CAPITAINE.

Cette amputation, de succès couronnée,
Par vos habiles mains est déjà terminée?

### LE CHIRURGIEN.

Ce n'est pas d'aujourd'hui que, voué tout entier,
Au grand art d'opérer, je connais mon métier.
J'ai la main exercée, adroite et toujours sûre,
Et jamais l'amputé, souffrant de sa blessure,
N'eût à me reprocher d'avoir, par la lenteur
Et l'inhabileté prolongé sa douleur.

### LE CAPITAINE (voyant Prudence à genoux).

Le ciel vient d'exaucer votre courte prière
En rendant ma douleur supportable et légère;
Relevez-vous, ma sœur, Dieu connaît vos vertus.
Mais sur mon triste sort, ne vous tourmentez plus,
Je suis, en ce moment, si calme et si tranquille,
Que craindre pour mes jours, serait crainte inutile.
Ah! quand un jour, mon fils, que j'aimerai toujours,
Saura que, par vos soins, par vos puissants secours,
Vous avez de son père allégé la souffrance,
Pour vous, vous le verrez plein de reconnaissance.

### LA SŒUR PRUDENCE.

Ce fils est-il soldat?

### LE CAPITAINE.

Officier d'un grand cœur
Qui doit déjà la croix à sa juste valeur.
Oui, je l'ai vu vingt fois, illustrant sa carrière,
Combattre à mes côtés tout couvert de poussière.

Puisse, ce cher Arthur, objet de tous mes vœux,
Avoir un meilleur sort que son père malheureux !
C'est bien assez pour moi, victime de la guerre,
D'avoir perdu mon bras sur la terre étrangère
Sans que mon fils encor, frappé d'un tel malheur,
Vienne en ces tristes lieux augmenter ma douleur.

*En ce moment Hortense et Emélie reviennent du port avec 60 blessés ou malades, un jeune officier qui a le genou fracassé, est porté sur un brancard et déposé sur un lit à côté du capitaine Jamin.*

### EMILIE (à la sœur Hortense).

En arrivant à bord, votre âme si sensible,
O ma sœur ! s'est émue à ce spectacle horrible ;
Le navire encombré de nos pauvres blessés
Que nous avons trouvés tristement entassés,
De nos vaillants soldats, qu'en un jour de bataille,
Sont frappés par l'airain, le fer et la mitraille ;
De ces martyrs souffrants, dont le sang généreux
Non encor étanché ruisselait à nos yeux,
Offrait à notre aspect la douloureuse image
De ces combats sanglants si féconds en carnage.
« Venez, nous disaient-ils, anges consolateurs,
« Venez nous soulager et calmer nos douleurs ;
« Venez sur ce navire où le ciel vous envoie
« Faire renaître en nous, l'espérance et la joie ;
« Venez, sœurs de bonté, nous espérons en vous.
« Ah ! nous sommes heureux de vous voir parmi nous ! »

*Les sœurs placent les blessés dans les salles, le chirurgien panse les blessures. L'aumônier leur adresse des paroles d'encouragement et les invite à prendre patience.*

### LE JEUNE OFFICIER.

Ah ! voilà donc le fruit de ta noble vaillance !
D'un genou fracassé, supporte la souffrance ;

Sois martyr à ton tour !... Peut-être que demain,
Le fils infortuné du valeureux Jamin....

### LE CAPITAINE (reconnaissant son fils).

Oh! ciel, mon propre fils! victime de la guerre!
Arthur tout mutilé vient rejoindre son père,
Son père malheureux qui n'a plus qu'un seul bras!
Hélas! voilà le fruit de tous ces grands combats!
Le sort qui m'a frappé dans ma longue carrière
Te frappe aussi, mon fils, dans ta jeunesse altière.
Eh bien, Arthur, souffrons, souffrons jusqu'à la fin,
Et subissons la loi du rigoureux destin;
Souffrons, mais en soldat qui sait donner sa vie
Pour son digne Empereur, le trône et la patrie
Oui, souffrons et dis-moi, par quel coup malheureux,
Tu me viens tout sanglant et martyr en ces lieux.

### ARTHUR.

Mon récit sera long : Dans un combat nocturne
Qu'éclairait faiblement le disque de la lune,
Les Russes en courroux et de rage éperdus,
De leurs ramparts d'airain à grand flots descendus,
S'élancent jusqu'à nous protégés par la place
Et montrent dans l'attaque une incroyable audace.
Soudain nos bataillons, commandés pour la nuit
Volent sur le terrain sans tumulte et sans bruit,
Soutiennent noblement un combat effroyable,
Un combat meurtrier, terrible, épouvantable.
On se bat corps à corps ; on nage dans le sang.
Un russe fond sur moi, je lui perce le flanc.
Un autre me poursuit à coups de baïonnette.

Je pare adroitement et je lui fends la tête,
Il tombe en soupirant ; il expire, il est mort.
Mais que vois-je, ô méprise ! ô déplorable sort !
C'est un soldat français à la valeur guerrière
Que je vois à mes pieds couché dans la poussière ;
C'est un jeune officier plein d'audace et d'ardeur
Qui ne doit qu'à la nuit son terrible malheur.
Le combat continue, et, jusqu'à la tranchée,
La terre de mourants et de morts est jonchée.
Les Français sont vainqueurs. Mais je me sens blessé !
J'ai, par un biscaïen, le genou fracassé.
Je tombe sur un Russe, un Russe qui soupire :
« O Français, me dit-il, le sort veut que j'expire.
« La guerre est un fléau funeste au genre humain ;
« Mourons de ses horreurs en nous serrant la main,
« Il est beau de combattre et de donner sa vie,
« Toi, pour ta belle France et moi pour ma Russie. »

En prononçant ces mots, en excellent français,
Il me serre la main et s'éteint pour jamais.
Et moi, martyr sanglant, en proie à ma souffrance,
Je reste sur son corps privé de connaissance.
Cependant le jour vient ; je me ranime un peu.
Je sens battre mon cœur et je m'adresse à Dieu.
Je sens sur ma blessure une main protectrice.
Enfin j'ouvre les yeux... O femme bienfaitrice !
Je vois à mes côtés une sœur à genoux
Me prodigant ses soins d'un air tranquille et doux.
« Courage, mon enfant, courage, me dit-elle,
« Tâchez de surmonter votre douleur cruelle.
« Songez que notre Dieu, témoin de vos combats.

« Veut que chacun de nous ait sa peine ici-bas.

« J'étanche votre sang avec cette assurance

« Que vous vivrez encor pour l'honneur de la France.

« Le ciel est protecteur du vrai soldat chrétien.

« Dites-moi votre nom, je vous dirai le mien. »

Et, cette sœur me dit : Je suis la sœur Victoire.

Ah ! que son nom m'est doux et cher à ma mémoire !

### LA SOEUR PRUDENCE.

Que dites-vous ?... Victoire !.. ô miracle ! ô bonheur !

Cette religieuse est bien ma propre sœur,

Sœur en religion, sœur de père et de mère.

Et moi qui la croyais au sein du cimetière ;

Moi, qui la croyais morte ; on me l'avait écrit,

Du moins dans cette lettre on me l'avait prédit,

Enfin, Victoire existe ?

### ARTHUR.

Elle est encor du monde.

C'est elle qui pansait ma blessure profonde,

Et qui, par sa bonté, par son généreux cœur,

Bravait tous les dangers pour calmer ma douleur.

Votre sœur est un ange envoyé sur la terre

Pour porter des secours aux martyrs de la guerre.

*Le chirurgien reconnaît que l'amputation d'Arthur est indispensable. Au même instant le vaguemestre apporte une lettre à la sœur Prudence.*

### LA SOEUR PRUDENCE.

Une lettre !.. mais quoi ! que vient-on m'annoncer ?

Au plaisir de la voir faudrait-il renoncer ?

De joie et de bonheur mon âme était ravie,

Et, maintenant, ô ciel ! je tremble pour sa vie ;

Oui, je crois, de victoire, ô douloureux transport !
Tenir entre mes mains la preuve de sa mort,
Brisons donc ce cachet et lisons cette lettre.
O ma sœur ! ô Victoire ! Aurais-tu cessé d'être !

*Elle ouvre la lettre et lit :*

Ma bonne sœur Prudence,

J'ai été atteinte du choléra, j'ai vu, sans la craindre, la mort à mon chevet ; mais, grâce au ciel, j'ai, comme par miracle, heureusement recouvré la santé ; deux jours ont suffi pour me rendre toutes mes forces.

Je remercie Dieu de m'avoir rappelé à la vie, non pas tant pour moi-même, mais pour nos pauvres blessés qui sont si heureux de recevoir nos soins.

Hier encore, après une bataille de nuit, bataille sanglante et malheureuse, j'ai parcouru le terrain jonché de morts et de mourants, et j'ai trouvé baigné dans son sang et couché sur le cadavre d'un Russe, un jeune officier respirant à peine. Je me suis hâtée de panser son genou. Ce jeune homme s'appelle Arthur Jamin.

Et, comme aujourd'hui, un vapeur français chargé de nos blessés et de nos cholériques, part pour Constantinople, et qu'il fait partie de ces malheureux, je te le recommande, si toutefois le hasard veut qu'il soit à l'hôpital auquel tu es attachée.

On dit ici que le général Pélissier, homme d'action et d'énergie, va tenter un coup demain dont la réussite presque certaine, amènerait la chûte de Sébastopol. Tant mieux !.. Oui, tant mieux, car voilà assez de sang versé.

Adieu, ma chère Prudence, ma santé est bonne, je ne me ressens plus de ma maladie, nous nous reverrons bientôt ; en attendant ce bonheur, prions Dieu pour notre pauvre mère que nous avons laissée en France bien inquiète, bien tourmentée de nous savoir si loin d'elle ; prions pour le triomphe de notre armée qui supporte avec une résignation courageuse des privations et des fatigues, prions pour l'Empereur qui ne cherche que le bonheur et la prospérité de la France, prions pour nos blessés, nos fié-

vreux et nos cholériques. Oui, ma bonne Prudence, prions pour
tous ceux qui souffrent sur la terre.

Ta sœur bien aimée,

VICTOIRE.

### LA SOEUR PRUDENCE (joyeuse, à Arthur).

Ah ! ma sœur est sauvée, et je dois la revoir !
Tout mon cœur est rempli de ce touchaut espoir ;
Victoire, toujours bonne et toujours magnanime,
Goûte, à faire le bien, un bonheur légitime,
C'est un ange en effet, ange de nos blessés
Qui réclame pour vous tous mes soins empressés.
Mon Dieu, si je pouvais rappeler à la vie,
Et rendre ces martyrs au sein de leur patrie,
C'est par vous, jeune Arthur, qu'au comble du bonheur,
Je voudrais commencer par calmer la douleur ;
Mais l'amputation, pour vous inévitable,
M'ôte, de vous guérir, ce bonheur ineffable.
Vous êtes, je le vois, et courageux et fort,
Et vous saurez subir votre malheureux sort.

### ARTHUR.

Oui, ma sœur, vous verrez par mon maintien sévère,
Que le fils de Jamin est digne de son père.
Je ne crains pas la mort ... un vrai soldat français
Affronte le danger et ne tremble jamais.

*L'aumónier s'approche et prépare Arthur à subir son amputation
avec courage, et en même temps entre l'aide-de-camp de l'Empereur de Turquie.*

### L'AIDE-DE-CAMP (Grand Vizir.)

Je viens à vous, mes sœurs, au nom de ma patrie,
Au nom d'Abd-ul-Medjid, Empereur de Turquie ;

Je viens vous exprimer mon admiration
Pour le soldat français et sa religion.
Oui je viens en ces lieux vous rendre un digne hommage
Et vous féliciter sur votre grand courage,
Votre zèle admirable et votre charité,
Les soins que vous prenez de notre humanité,
Et votre foi si pure et toujours si profonde,
Ont, dès longtemps sur vous, fixé les yeux du monde.
Ah! qui croirait qu'ici, plus de huit cents blessés
Sont, par cinq ou six sœurs, soigneusement pansés !
Et qu'à tous leurs besoins, vous pouvez leur suffire.
O prodige ! ô mes sœurs ! c'est Dieu qui vous inspire,
Oui, le Dieu des chrétiens assis au haut des cieux,
Saura récompenser vos soins si précieux.
Il vous voit, vous entend, exauce la prière
Qu'avec vous le mourant fait à sa fin dernière.
Un si beau dévoûment et de si grands bienfaits
Restent dans la mémoire et ne s'oublient jamais.
Déjà vos noms inscrits aux pages de l'histoire,
Honorent le chrétien et font sa propre gloire.
Ah! qu'il est beau d'aller jusqu'au-delà des mers
Montrer de la vertu, l'exemple à l'univers,
Soulager l'infortune au péril de sa vie
Et servir à la fois l'armée et sa patrie !
Oui, la religion a formé des héros !
Oui, le Dieu qui vous voit travailler sans repos
Et soigner les soldats avec un si beau zèle,
Vous prépare en ce jour une gloire éternelle.
Courage donc, mes sœurs ; songez qu'en quelques jours
La guerre d'Orient aura fini son cours,

Et que la France encor, illustrant sa carrière,
Triomphera partout par sa valeur guerrière.

### LA SŒUR PRUDENCE.

Seigneur, oubliez-vous que la modeste sœur
Est loin de mériter un discours si flatteur ?
Elle aime mieux penser que dans sa bienveillance
Votre auguste Empereur rend hommage à la France,
Que de se croire ici, dans son obscurité,
Digne d'un tel honneur à jamais mérité.
Epouse du Seigneur, loin du monde, ignorée,
A servir son vrai Dieu, sa vie est consacrée,
Et, quand le ciel bénit ses bienfaits, ses secours,
Qu'elle voit du mourant renaître d'heureux jours,
Croyez, Vizir, croyez que la religieuse
Que vous voyez si simple, aimable et vertueuse
Eprouve dans son âme un bien plus grand bonheur
Que de ce voir comblée et d'éloge et d'honneur,
Mais croyez bien, seigneur, malgré sa modestie,
La sœur qui sert son Dieu, son prince et sa patrie
Gardera dans son cœur le touchant souvenir
De votre beau discours qu'elle voudrait bénir.

*Le grand vizir accompagné des sœurs, du chirurgien-major, de ses aides, et de l'aumônier, parcourt les salles et s'entretient avec les blessés. En arrivant au lit des deux officiers, il leur serre cordiale-ment la main.*

### LE GRAND VIZIR.

Vous souffrez, capitaine ? et dans votre souffrance
Vous pensez à l'armée, à la gloire, à la France.
Vous revoyez d'ici vos glorieux combats
Et vous vous consolez de la perte d'un bras !

### LE CAPITAINE

Hélas ! seigneur Vizir, aux fureurs de la guerre
Il fallait pour martyrs et le fils et le père,
Voyez cet officier en proie à ses douleurs,
Et dont le triste sort m'attendrit jusqu'aux pleurs.
C'est mon fils, mon cher fils déjà couvert de gloire.
Ah ! je l'ai vu vingt fois courir à la victoire !
Il souffre comme moi d'un coup si rigoureux
Qu'il doit être en ce jour amputé sous mes yeux.

### LE GRAND VIZIR.

Votre double malheur qu'avec vous je déplore
Serait plus douloureux et plus pénible encore
Si, par votre courage et votre fermeté,
Vous ne l'eussiez tous deux noblement supporté.

### ARTHUR.

Ah! seigneur, pour sauver votre chère patrie
Nous avons bravement exposé notre vie !
Notre sang coule encor.... Les officiers Jamin,
Ont su braver la mort les armes à la main.
Mais, si jusqu'à ce jour, l'Angleterre et la France
N'ont pas encor sonné l'heure de la vengeance
Nous savons que bientôt, le Russe audacieux,
Sera, par Pélissier, écrasé sous nos yeux.

### LE GRAND VIZIR.

Eh bien ! en attendant le jour de la vengeance,
De votre sang versé, voici la récompense,
Cette croix méritée, insigne de l'honneur,
Doit briller pour toujours sur votre noble cœur.

*Il leur remet la décoration, et donne en même temps un écrin à la sœur Prudence pour elle et les autres sœurs.*

Et vous, mes bonnes sœurs, si pleines de tendresse,
Et vous dont les soldats connaissent la sagesse,
Daignez, je vous supplie, accepter cet écrin
Que mon jeune Empereur vous donne par ma main.
Il renferme de Dieu, le symbole et l'image
Et d'autre chose encor dont je vous fais hommage.

*La sœur Prudence reçoit l'écrin, le grand Vizir serre de nouveau la main aux deux officiers Jamin et se retire pour aller rendre compte de sa mission au palais impérial.*

### LA SOEUR PRUDENCE ouvre l'écrin.

O ciel! que vois-je! un Christ! de superbes anneaux!..
Voyez, mes sœurs, voyez: que ces objets sont beaux...
Mais quoi!... que vois-je encor? Ah! je suis interdite!
Voyez-vous cette lettre à mon adresse écrite?
Eh bien! lisons, lisons!... C'est l'auguste Empereur
Qui nous prouve en deux mots la valeur de son cœur.

### *Aux bonnes sœurs de Saint-Vincent-de-Paul.*

Le Sultan Abd-ul-Medjid, Empereur de Turquie, instruit des services éminents que vous rendez dans les hôpitaux établis à Constantinople, et des généreux soins que vous prodiguez aux soldats malades ou blessés, se fait un vrai plaisir de vous faire remettre par le digne organe de son premier aide-de-camp, cet écrin dans lequel vous trouverez un Christ en or, pour madame la supérieure Prudence, et six anneaux du même métal pour chacune des sœurs qui font tous les jours, par leur sagesse et leur dévouement, l'admiration du monde.

Sa Majesté espère que ces bonnes religieuses accueilleront ce faible cadeau avec un intérêt bienveillant, et qu'elles le conserveront comme la juste récompense de leurs bienfaits purement chrétiens, que les peuples de toutes les religions ne se lasseront jamais d'admirer.

Signé ABD-UL-MEDJID.

**LA SŒUR PRUDENCE** (donnant les anneaux aux sœurs.)

Faut-il que l'Empereur ait l'âme magnanime
Pour faire à l'humble sœur un cadeau si sublime !
Lui !.. m'envoyer un Christ !.. Ah ! le sultan sait bien,
Tout ce qui peut flatter un cœur vraiment chrétien !
Monarque généreux et bienveillant et sage,
Du Dieu que nous servons il respecte l'image.
Avez-vous jamais vu des bijoux aussi beaux
Dont l'or soit aussi pur que ces charmants anneaux ?
Ah ? bénissons l'auteur de cette récompense,
Et sachons lui prouver notre reconnaissance,
N'oublions pas non plus le vizir bienveillant
Qui vient de nous remettre un cadeau si charmant.

*Heureuses de cet hommage, chaque sœur passe son anneau au doigt, et au même instant le chirurgien se présente à Arthur pour l'amputer.*

### LE CHIRURGIEN.

Vraiment mon bras se lasse à ce métier pénible,
Et la guerre à mes yeux est un fléau terrible.
Toujours souillé de sang !.. je vois de tous côtés,
D'infortunés soldats par mes mains amputés,
Et je me vois encor, par un arrêt sévère,
A l'heure d'amputer le fils après le père.
Je viens donc, jeune Arthur, le scapel à la main,
Vous dire qu'il vous faut, sans attendre à demain,
Accepter votre sort. Il faut avec courage,
Perdre sans plus tarder, ce membre sans usage.
Votre malheur est grand ; sachez le supporter.

### ARTHUR.

Je ne crains rien, docteur, vous pouvez m'amputer ;

Mais que dis-je ? je crains que ma faiblesse extrême
Que vous reconnaissez et jugez par vous-même,
Trahissant mon courage, à me laisser mourant,
Ne laisse entre vos mains qu'un martyr expirant.
Enfin Dieu qui conduit ma triste destinée
Peut seul, de mon trépas, marquer cette journée ;
Lui seul sait que pour lui, toujours prêt à souffrir,
En vrai soldat chrétien, je suis prêt à mourir.
Lui seul connaît ma foi, mes vertus, ma tendresse;
Mais il aura pitié de ma tendre jeunesse.
Allez docteur, allez, faites votre devoir,
Et, si pour moi de vivre, il n'est aucun espoir,
Du moins, j'aurai vécu pour servir ma patrie.

### LE CHIRURGIEN.

Et vous la reverrez plein de force et de vie !....
Un soldat tel que vous, blessé dans les combats,
Souffre de sa blessure et n'y succombe pas.

*Le chirurgien commence l'amputation qui ne dure que 17 minutes, malgré son courage, Arthur tombe épuisé ; son cœur ne bat que faiblement. Les sœurs s'empressent autour de lui.*

### LE CAPITAINE (au désespoir).

O mon fils ! tu n'es plus ! il faut donc être père
Pour se voir sous le coup d'un destin si sévère !

### LE CHIRURGIEN.

Votre fils vit encor, mais il est abattu,
Epuisé par le sang qu'il a deux fois perdu.
Ces amputations, toujours laborieuses,
Je dois vous l'avouer, sont souvent dangereuses,
Et le pauvre amputé n'y survit pas toujours.

## LE CAPITAINE.

Ah ! c'en est fait, docteur, vous craignez pour ses jours !
Votre art est impuissant à conserver la vie
A mon malheureux fils qui meurt pour sa patrie !
Dieu juste ! Dieu puissant ! toi qui, du haut des cieux,
Vois couler par torrent, les larmes de mes yeux.
Toi que j'implore ici, que je prie et révère,
Rends ce jeune officier à l'amour de son père.
Rappelle dans son cœur la force et la santé
Et conserve les jours de mon fils amputé.

## LA SŒUR PRUDENCE

Ne désespérez pas, votre fils vit encore.
Son visage moins blanc, par degrés se colore.
Ses yeux demi-fermés, commencent à s'ouvrir.
Non, capitaine, non, il ne doit pas mourir.
La nature, voyez, triomphe de la crise.
Du Dieu des affligés, empruntant l'entremise,
Nous verrons la bonté, devenant son appui
Exaucer tous les vœux que nous faisons pour lui.
Mais songez que vous—même, encor dans la souffrance,
Vous pouvez, par vos cris, commettre une imprudence,
Aggraver votre mal et courir le danger
De ne point vous guérir ou de le prolonger.
Je sens votre douleur et comprends votre peine,
Mais il faut espérer, croyez-moi, capitaine

## LE CAPITAINE.

Si vous saviez, ma sœur, qu'un amour paternel
Eprouve de tourment en cet instant cruel,
Vous me diriez: « Hélas ! vos légitimes craintes

3

« Peuvent faire excuser et vos cris et vos plaintes,
« Et je conçois qu'un père, officier ou soldat,
« Voyant souffrir son fils en ce terrible état
« Puisse s'en émouvoir et craindre pour la vie
« De ce fils bien-aimé si cher à la patrie. »
Il est mieux, dites-vous, beaucoup mieux, je vous croi.
Cette crise est passée! ah! quel bonheur pour moi!
Quel bonheur de sentir que, par vous partagée,
La crainte disparaît de mon âme affligée.
Arthur vit!.. il respire!.. ah! l'heure de sa mort
Echappe à la rigueur de son malheureux sort!
Que cet espoir, ma sœur, a donc pour moi de charme!
La joie en ce moment reparaît dans mon âme.

*Le lendemain Arthur avait retrouvé un peu de force et se trou-*
*vait beaucoup mieux ; mais huit jours plus tard, en proie à des*
*maux de cœur, il allait exhaler son dernier soupir, lorsque la sœur*
*Victoire, venant de Crimee, entre dans la salle et va directement au*
*lit d'Arthur au tour duquel se trouvaient toutes les sœurs*

### LA SOEUR VICTOIRE.

J'ai franchi la distance existant entre nous,
Et me voici, mes sœurs, me voici parmi vous.
J'ai quitté la Crimée où de terribles peines
Que m'inspirait l'horreur de ces sanglantes scènes,
De ces combats de nuit si féconds en malheurs,
N'ont vu que trop souvent mes yeux baignés de pleurs.

### LA SOEUR PRUDENCE.

Ma sœur!.. oui, c'est Victoire! ah! reconnais Prudence!
Qu'il m'est doux de revoir la sœur de mon enfance!

### LA SOEUR VICTOIRE

C'est Dieu qui nous rapproche! il sait que notre cœur
Eprouve à nous revoir, le plus parfait bonheur.

Il sait qu'avec amour, ô sœur qui m'es si chère !
Nous nous entretiendrons de notre pauvre mère !

*Apercevant Arthur.*

Ah ! que vois-je ? cet homme! Arthur ! oui c'est bien lui
Lui-même qu'en ces lieux je retrouve aujourd'hui ;
C'est bien cet officier frappé par la mitraille
Que mes mains ont pansé sur le champ de bataille ?
C'est bien Arthur Jamin, c'est ce martyr sanglant
Que j'ai trouvé couché sur un russe expirant ?
Ciel !.. un membre de moins !.. il se meurt ! il expire !
Mais non, non, son cœur bat et j'entends qu'il soupire.
Ah ! laissez-moi, mes sœurs, par un suprême effort,
Tenter de l'arracher à la cruelle mort !

*Victoire tire de sa poche un flacon contenant une liqueur souve-raine, puis le lui ayant fait respirer quelques instants, elle s'age-nouille, toutes les sœurs en font autant et prient.*

### LE CAPITAINE

Ah ! puissiez-vous mes sœurs, par votre humble prière,
Rouvrir de mon cher fils les yeux à la lumière !
Priez, oh ! priez bien ! priez avec ferveur ;
Priez Dieu d'exaucer les vœux de votre cœur.
Oui, prions tous ensemble un Dieu juste et suprême ;
Qu'il me rende l'enfant que je pleure et que j'aime !

*En moins d'une heure Arthur a entièrement recouvré l'usage de ses sens, ses yeux se fixent sur Victoire.*

### ARTHUR (reconnaissant la sœur Victoire.)

Victoire à mon chevet ! dois-je en croire à mes yeux !
Mais oui, c'est mon sauveur que je vois en ces lieux !
Ah ! de tous mes malheurs, sensiblement touchée,
Le ciel veut qu'à mon sort vous soyez attachée !

Mais s'il me reste encor à vivre quelque jours,
Grâce à vos soins, ma sœur, grâce à votre secours.
Deux fois sauvé par vous d'une mort malheureuse,
Vous êtes, ô ma sœur ! pour moi trop généreuse !
Le Dieu qui mit en vous l'esprit de charité
Et ce beau sentiment de pure humanité
Voulut, qu'en remplissant votre saint ministère,
Vous fussiez du soldat et la sœur et la mère,
Ah ! je suis mieux ! bien mieux ; je souffre beaucoup
Et je dois ce bien être à vos généreux soins.     [moins,

LA SOEUR VICTOIRE.

Combien de fois, Arthur, présent à ma pensée,
Je vous ai vu souffrir dans votre traversée !
Souffrir horriblement sans sommeil, sans repos,
Dans un frêle navire éprouvé par les flots,
J'étais sur le rivage où, d'une voix plaintive,
Je m'écriais : « O ciel ! bientôt à l'autre rive,
Cet officier chrétien, pour comble de malheur,
Se verra dans les mains d'un chirurgien docteur.
C'est l'amputation qui l'attend sur la plage !
Et vous l'avez subie avec un grand courage ?
Ah ! voilà du destin le rigoureux décret !

ARTHUR.

Mais de mon triste sort, je respecte l'arrêt.

LA SOEUR VICTOIRE.

Enfin votre douleur, en cet instant calmée,
M'avait, mes sœurs l'ont vu, promptement alarmée.
A peine si vos yeux, déjà marbrés de noir,

M'avaient, de vous sauver, laissé le doux espoir ;
Votre pâleur m'offrait le signe épouvantable
De la cruelle mort toujours inexorable.
Mais avec ce flacon qui ne me quitte pas,
J'ai pu vous arracher au funeste trépas :
Je vous ai fait sentir ma liqueur souveraine
Et votre guérison maintenant est certaine.

### ARTHUR.

Ah ! pour ce grand bienfait !....

### LA SOEUR VICTOIRE.

Vous ne me devez rien.
Vous devez tout à Dieu, protecteur du chrétien.
Conduite jusqu'à vous la femme vertueuse,
En vous sauvant la vie est bien assez heureuse !
Courage. Arthur, avant qu'il soit quarante jours
Vous serez bien portant et guéri pour toujours.
Alors, d'un cœur content, plein d'amour pour la France.
Vous saurez, du malheur, oublier la souffrance

*Arthur et son père sont en voie de guérison, et au bout de 40 jours, ils sont entièrement guéris, c'est alors qu'une heureuse nouvelle se répand dans Constantinople et parvient dans les hôpitaux. C'est la prise de Sébastopol. Les soldats, au comble de la joie, font éclater les cris de vive l'Empereur ! vive la France !*

### LE CAPITAINE JAMIN.

La Russie est vaincue !.. et le Français vainqueur
Fait entendre les cris de vive l'Empereur !
Le sang coule à grands flots ; mais par cette victoire
Qui rehausse de la France et l'honneur et la gloire.
Nous vengeons dans le sang des ennemis vaincus
La mort de nos soldats que nous avons perdus ;

Nous vengeons de Moscou, le honteux incendie
Dont la tache est encor au front de la Russie ;
Nous vengeons ce désastre et tous ces grands revers
Qui firent, de frayeur, frissonner l'univers.
Oui, la France a vengé, sur le sol de Crimée,
Les soldats malheureux de notre vieille armeé !
A toi, fier Pélissier, cet honneur éclatant.
Sur ton coursier fougueux, tranquille et triomphant,
L'Europe te voyait, maître de ton courage,
Ralentir la bataille ou presser le carnage,
La Turquie est sauvée, et son jeune Empereur
Reconnaît du Français la vaillance et l'ardeur.

## FIN.

Nous allons maintenant, pour répondre au désir de
nos souscripteurs qui veulent, les uns de la poésie
lyrique, les autres des épitres, des discours et même
de la prose, terminer notre œuvre par quelques pièces
de poésies diverses.

# POÉSIES DIVERSES.

## A Sa Majesté NAPOLÉON III, Empereur des Français,

### À L'Armée d'Italie 1859.

SIRE,

Vous triomphez partout, et partout en vainqueur,
Vous conduisez l'armée en grand triomphateur.
Vous marchez en héros de victoire en victoire,
Avec un front d'airain resplendissant de gloire.
Oui, Sire, vous avez, à la voix du canon,
Déployé la valeur du grand Napoléon ;
Vous savez, comme lui, méprisant la mitraille,
Disposer votre armée en un jour de bataille,
Et, par votre présence, intrépide au combat,
Exciter en guerrier l'audace du soldat.
Solférino le prouve et l'Autriche est vaincue !
Par ce brillant exploit, la paix nous est rendue.
La paix !... bienfait des Dieux que le ciel doit bénir,
Ce calme, ce bonheur dont nous allons jouir,
Fait renaître en nos cœurs, la joie et l'espérance.
Le peuple Italien fier de notre alliance,
S'unissant au Piémont d'une commune voix,
Chérit Emmanuel et respecte ses lois.
C'est à vous, Sire, à vous, à votre digne armée,
A ces soldats français de vieille renommée

Que toute l'Italie, objet de tous vos vœux,
Doit un si beau triomphe. Elle en rend grâce aux cieux.
Ah! la patrie est fière et rend un digne hommage
A votre politique, et si ferme et si sage,
Admire vos bienfaits, vos actes généreux
Qui font de votre règne un règne glorieux !
Comptez sur notre amour, sur notre sympathie.
Rien ne nous est plus cher que votre dynastie.
Quel monarque en effet, au faîte des grandeurs,
Sut jamais mieux que vous s'attirer tous les cœurs.
Quel roi, quel souverain, par plus de prévoyance,
De respect et d'amour sut entourer la France.

    Régnez, Sire, régnez, vos glorieux succès
Font votre propre gloire et l'honneur des Français.
Régnez avec la paix au sein de votre empire.
Votre peuple vous doit le bonheur qu'il respire.
Et de l'Impératrice au cœur si libéral,
Bénit avec orgueil, le Prince impérial.

## Mon amour pour la ville de Sens.

Cité chérie et paisible et tranquille,
L'esprit du bien régna toujours chez toi.
Le sénonais est un peuple docile,
Et de lui dire est un bonheur pour moi.
Soldat treize ans, j'ai vu dans ma jeunesse,
Plus d'un pays que j'aimerai toujours.
J'ai vu la France et l'Espagne et la Grèce,
Et c'est à Sens que je finis mes jours.

Du sénonais j'admire la concorde,
Son dévoûment et son humanité.
Jamais chez lui, le vent de la discorde
Ne vint troubler cette aimable cité.
La douce paix et la bonne harmonie
Tranquillement y poursuivent leur cours.
A mon pays j'ai consacré ma vie
Et c'est à Sens que je finis mes jours.

Ici l'on vit en bonne intelligence,
Libre du faste et même sans orgueil.
Parents, amis, mus par la bienveillance,
Se voient entre eux et se font bon accueil.

# Le Concours agricole de Vauluisant.

Agriculteurs, disciples de Cybèle,
Vous, qu'au travail, je vois si radieux.
Au rendez-vous Rusina vous appelle
A concourir aujourd'hui sous ses yeux.
Que vos sillons tracés d'une main sûre
Vous fassent dire et répéter toujours :
De Vauluisant, amis de la culture,
Célébrons tous le généreux concours.

Au fondateur de ce joyeux comice
L'agriculture a dû plus d'un progrès.
Amis, à l'œuvre, entrons gaîment en lice
Et travaillons avec un plein succès.
C'est par nos soins que, riche de verdure,
Le sol nous donne et fortune et secours.
De Vauluisant, amis de la culture,
Célébrons tous le généreux concours.

D'un philanthrope et savant agronome
Nous recevons des encouragements,
Ah ! chérissons les bienfaits d'un tel homme,
Et respectons ses nobles sentiments !..
Oui, cher Javal, par ta bonté si pure
Tu sus toujours mériter nos amours,
De Vauluisant, amis de la culture,
Célébrons tous le généreux concours.

Oui, sénonais, dans mon amour sincère,
Je vous le dis, écoutez mon discours :
J'ai pour vous tous une amitié de frère
Et c'est à Sens que je finis mes jours.


De vos ruisseaux aux blanches naïades,
J'ai contemplé les bords enchanteurs.
J'ai vu vingt fois vos belles promenades,
Ce tapis vert si cher aux amateurs.
C'est là surtout que la coquetterie
Vient s'y montrer dans ses plus beaux atours ;
Loin de ces lieux, j'ai servi ma patrie
Et c'est à Sens que je finis mes jours.

De parmentier et d'Olivier de serres,
Ton large cœur a compris les bienfaits.
Tu nous as dit : cultivez, bien vos terres ;
A ce travail nous vous lassez jamais.
C'est dans le sein de l'aimable nature,
Que nous trouvons le pain de tous les jours.
De Vauluisant, amis de la culture,
Célébrons tous le généreux concours.


Rappelons-nous que dans l'agronomie
Nous trouverons le bien-être de tous.
Au vrai travail joignons l'économie,
Et nous verrons le bonheur parmi nous.
Ah ! de Cérès, en blonde chevelure,
J'entends la voix qui nous dira toujours :
De Vauluisant amis de la culture,
Célébrons tous le généreux concours.


Depuis douze ans un homme populaire,
Dans son domaine aime à nous réunir.
Montrons-lui donc notre grand savoir faire
Et pour un prix sachons bien concourir.
A vous, faucheurs, fauchez dans la verdure,
Signalez-vous et répétez toujours :
De Vauluisant, amis de la culture,
Célébrons tous le généreux concours.

Juin 1858.

## A M. le Baron de CHATEAUBOURG,

### MAITRE DES CÉRÉMONIES.

—

Bien-aimé Châteaubourg, fils d'un généreux père,
Toi que le peuple estime et respecte et révère,
Souffre qu'un chantre obscur, peu favori des Dieux
Admire ta valeur et tes traits généreux.
Qu'il est doux Châteaubourg, de rendre un digne hom-
Au magistrat intègre et bienveillant et sage     [mage
De chanter ses vertus, ses talents, son grand cœur,
En respectant le vrai sans être adulateur !
Ah ! tu ne démens point ta céleste origine !
L'ouvrier, ce digne objet de ta bonté divine,
Lui, qui bénit ton nom et tes nombreux bienfaits,
En garde un souvenir qu'il n'oubliera jamais.
Tu règnes dans son cœur, il t'aime comme un père,
Et son amour pour toi fut un amour sincère.
Il est vrai, Châteaubourg, qu'en nos jours orageux,
Tu fus un magistrat actif et courageux.
On aime à reconnaître au sein de Villeneuve
Ce que tu fis de beau dans nos grands jours d'épreuve.
Fier de ton dévoûment, sans trame et sans complots,
Le peuple sut braver la tempête et les flots.
«Je réponds, disais-tu, comme eut dit Aristide,
» Je réponds du troupeau dont je suis le seul guide,
» Et je veux qu'à ma voix, l'honnête citoyen,
» Se montre, comme moi, dévoué pour le bien ! »

Ôui, noble Châteaubourg, tu fis pour ta patrie
Ce qu'eut fait un Turenne au péril de sa vie.
Ah ! Villeneuve est fier de ton glorieux nom !
Il aime à te revoir près d'un Napoléon !
Sois heureux à la cour, ô baron magnanime !
Ouvre toujours ton cœur au peuple qui t'estime
Et sache que l'honneur d'un noble magistrat,
Est d'avoir, comme toi, su protéger l'état.

Octobre 1854.

Paris, 28 octobre 1854.

Monsieur Dunand,

J'ai reçu avec empressement et reconnaissance, la pièce de vers que vous avez bien voulu m'adresser, je vous en remercie.

Vous me prodiguez des éloges que je ne pense pas mériter, car je n'ai pas encore rendu tous les services que j'aurais bien voulu.

Oui, Monsieur, je suis heureux toutes les fois que l'occasion se présente à moi d'être utile, et croyez bien que si le moment s'offrait de vous être bon à quelque chose , je le ferais avec plaisir, vous avez été instituteur à Villeneuve-sur-Yonne, et je n'ai pas oublié votre bonne conduite et tout le bien qu'on disait de vous.

Votre tout dévoué,

BARON DE CHATEAUBOURG.

# À Madame la Baronne de CHATEAUBOURG,

## SUR LA MORT DE SON MARI.

Madame,

Villeneuve est en deuil, en proie à ses alarmes,
Et partage avec vous vos chagrins et vos larmes.
De Châteaubourg n'est plus! mais il est dans les cieux,
Et son image auguste est présente à nos yeux.
Oui, votre digne époux repose à l'Empyrée.
Et, du sein des élus son âme vénérée,
Reflète encor sur nous un rayon bienfaiteur
De toutes les vertus de son généreux cœur.
Ah! votre perte est grande! et la douleur profonde
Que nous en éprouvons est telle qu'en ce monde
Le temps qui détruit tout, qui détruira toujours
Ne pourra, de nos pleurs, tarir le triste cours!
Repose, Châteaubourg, près de ton noble père,
Ton ombre nous protège et nous est encor chère ;
Repose à l'Elysée, ô brave citoyen !
Toi qui fus ici-bas dévoué pour le bien,
Repose et souviens-toi, qu'estimée et chérie ;
Ta veuve bien aimée à ta perte attendrie
Continue en ton nom l'œuvre de tes bienfaits
Et que tes chers enfants ne t'oublieront jamais.
T'oublier! toi qui fus leur estimable père !
Toi qui les chérissais avec leur tendre mère !
Oublia-t-on jamais le zèlé bienfaiteur
Qui, de l'infortuné, se fit le protecteur?

Non, non, cher Châteaubourg!.. l'homme de bien suc
Et la mort, sans pitié, l'appelle dans la tombe. [combe
Mais est-il pour sa veuve un sentiment plus doux
Que de voir en nos cœurs revivre son époux.
Que d'entendre louer et bénir sa mémoire
Et de voir que son nom fait encor notre gloire !

Consolez–vous, madame, et calmez vos douleurs,
Cessez, sur son cercueil, de répandre des pleurs.
Songez que Châteaubourg retrouve une autre vie
Au céleste séjour où son âme est bénie.
Et pour récompenser ses sublimes vertus
Dieu l'a choisi pour être au nombre des élus.

Février 1858.

---

Paris, le 20 février 1858.

### Monsieur Dunand,

Je suis bien touchée, bien reconnaissante du tribut d'hommages que vous rendez à la mémoire de mon époux bien-aimé ! Les vers si bien sentis, que vous m'avez adressés, seront toujours pour moi un précieux souvenir, comme tout ce qui se rattache à celui que je pleure si douloureusement.

Je vous remercie des excellents sentiments que vous m'exprimez dans votre poésie si touchante et si naturelle. Croyez que si jamais je puis vous être utile, mon empressement vous prouvera que ce sera un besoin de mon cœur.

Recevez, Monsieur, l'expression de ma reconnaissance et de mes sentiments très-distingués.

Baronne Louise de Chateaubourg.

M. le baron de Châteaubourg, à peine âgé de 44 ans, cheva-
lier de la Légion-d'Honneur, maire de Villeneuve-sur-Yonne,
maître des cérémonies de l'Empereur Napoléon III, et membre
du Conseil général de l'Yonne, est mort à la chasse, frappé
d'apoplexie foudroyante, en 1858.

Actif, entreprenant, le baron de Châteaubourg, si bien connu
pour ses traits d'humanité et son amour du bien, n'était heureux
que lorsque l'occasion lui était offerte d'être utile à l'infortune,
et, bien différent de ces froids protecteurs qui se font prier et
supplier, pour faire mine de vous protéger, il courait lui-même,
au-devant du malheureux, lui tendait une main amie, et lui
offrait ses services.

Villeneuve vient de perdre un protecteur zélé et tout puissant,
un magistrat intègre et bienveillant, un guide fidèle et éclairé, qui
donnait à tous l'exemple d'un devoûment à toute épreuve. Heureux les hommes que la Providence a doués de ces vertus émi-
nentes, et qui, comme lui, ont su marquer leur trop courte
carrière, par de nombreux bienfaits! leur mémoire toujours
vivante, toujours présente à nos yeux, les rappelle sans cesse à
nos souvenirs!

Ah! la mort, capricieuse dans ses décrets, n'attend pas toujours
que les années aient blanchi nos têtes pour venir nous enlever à
l'affection d'une épouse bien-aimée et de nos enfants chéris!
Châteaubourg, plein de vie et de santé, part pour la chasse avec
toute la gaité d'un chasseur qui va plutôt chasser pour se dis-
traire, que, guidé par l'appat du gibier. Hélas! quelques heures
après, une funeste nouvelle se répand dans la ville comme un
brouillard épais, qui couvre incontinent toute une immense
cité!... Châteaubourg est mort!... Châteaubourg n'est plus!...

A ce cri lugubre, terrible, déchirant, la consternation est peinte
sur tous les visages, la douleur est dans tous les cœurs, des
larmes de condoléance coulent de tous les yeux. De Châteaubourg n'est plus!!!... On ne peut se familiariser avec ce cri d'un
évènement si douloureux, et, cependant, la tombe de cet homme
de bien, se creuse à côté de celle de son noble père; il y va
descendre emportant avec lui les regrets universels, et même
ceux de l'Empereur et de l'Impératrice.

Puissent ces regrets si légitimes, adoucir les chagrins et les

peines de son estimable veuve et de ses enfants bien aimés ;
puissent-ils aussi inspirer aux hommes riches et haut placés les
sentiments généreux qui animèrent si heureusement le digne
Châteaubourg, que nous pleurons encore et que nous n'oublierons
jamais ! !....

## À M. BILBAULT, propriétaire à Thiel.

Bilbault que j'aime à voir si franc, si populaire,
Daigneras-tu souffrir que, des rangs du vulgaire
Un pauvre rimailleur, dans son obscurité,
Chante, en ses faibles vers, ta générosité ?
Oui, du moins je le pense et mon cœur le désire.
Eh bien ! depuis longtemps, sans oser te le dire,
Je remarquais en toi, l'homme au généreux cœur
Que le public estime à sa juste valeur.
De l'ouvrier dévoué qui t'aime et te revère,
De l'humble travailleur que tu vois comme un frère,
De l'homme honnête et probe, objet de tous tes vœux,
Tu compris les besoins. Et pour le rendre heureux,
Tu sus toujours, Bilbault, honorant son courage,
Lui donner du travail et le mettre à l'ouvrage.
Oui, de ton noble cœur, la générosité,
Chaque jour voit grandir ta popularité.
Sans faste, sans orgueil, ton âme magnanime,
Goûte à faire le bien un bonheur légitime.
Ah ! ce bonheur est grand !... un cœur tel que le tien,
Un cœur né généreux l'éprouve et le sent bien !
O vous, puissants du jour ! riches dont l'existence
S'écoule mollement au sein de l'opulence,
Vous, sans cesse occupés du soin de vos plaisirs,
Apprenez de Bilbault à charmer vos loisirs,
Montrez-nous, comme lui, votre amour, votre zèle,
Et pour faire le bien, prenez-le pour modèle.
C'est peu que d'être riche et tenir en sa main,

Les trésors de Plutus si l'on est inhumain.
Il faut qu'en notre cœur un sentiment sublime
Nous porte à secourir le vieillard et l'infirme.
Il faut aimer le pauvre et savoir compâtir
Aux peines que le sort le condamne à souffrir.
Il faut, sans se lasser, adoucir la misère
De tant de malheureux qui souffrent sur la terre ;
C'est un devoir si saint, si doux et si sacré
Que pour le bien remplir, le riche est honoré.

    Voilà donc, ô Bilbault! de ton âme si pure,
Les vertus que tu tiens de l'aimable nature !
Voilà les sentiments qui font battre ton cœur
Et qui feront toujours ta gloire et ton honneur.
S'il t'est doux d'être riche, il t'est plus doux encore
De savoir que l'ouvrier te respecte et t'honore.

**Mars 1859.**

---

Theil, le 15 mars 1859.

Monsieur Dunand,

    J'ai reçu avec un sentiment de véritable plaisir, les vers populaires que vous avez bien voulu m'adresser, je vous en remercie du fond du cœur, et je vous prie de me porter sur la liste de vos souscripteurs, pour vingt exemplaires.

    C'est toujours avec un intérêt réel que je lis vos œuvres, car j'aime votre style chaleureux et naturel.

    Oui, Monsieur, j'aime l'ouvrier, cet homme intelligent, des mains duquel sortent nos produits de l'industrie. Je n'ai qu'un seul désir, celui de voir tout le monde heureux, et ce désir m'a souvent fait regretter de ne pas pouvoir faire tout le bien qui est dans mon cœur.

Agréez, etc.
BILBAULT.

## A la mémoire du baron THENARD.

Cet illustre savant, orgueil de la science,
Sentit naître en son cœur, dès sa plus tendre enfance,
Cet amour de l'étude, amour sublime et beau,
Ce sentiment divin, ce céleste flambeau
Qui, sur le jeune enfant, reflétant sa lumière,
Le vit, par le travail, illustrer sa carrière.
Plus grand que Lavoisier, Tournefort et Linné,
Par de plus beaux succès, Thenard s'est couronné.
Il recherche, il médite, il consacre sa vie,
Ses veilles, son repos, au bien de sa patrie.
Au seul nom de chimie, il sent battre son cœur
Et trouve, en ses secrets, sa gloire et son honneur.
Mais, pour y parvenir, nuit et jour il travaille
Avec la sainte ardeur d'un vertueux Lacaille.
Les savants étonnés d'un savoir si profond,
Admirent les produits de son esprit si fécond.
Rien ne peut arrêter l'essor de son courage.
Dans son laboratoire, actif à son ouvrage.
On le voit méditant sur ses nombreux sujets
En chercher les vertus ainsi que leurs effets.
Trop heureux de pouvoir enrichir les sciences,
Chaque jour il se livre à mille expériences.
Oui, seul, par le travail, Thenard a fait son sort ;
Il fut juste, équittable et bon jusqu'à la mort.
Ah ! l'université gardera la mémoire
De ce vaste génie endormi dans sa gloire !
Généreux bienfaiteur de notre humanité,

Son âme est au séjour de l'immortalité.
La gloire d'un grand homme est toujours immortelle.
O vous ! de Jussieu, Celsius et Rouelle,
Et vous aussi, Bignon, recevez dans vos bras,
Le généreux savant qui marchait sur vos pas !
Mais quoi ! serait-il vrai ? que viens-je donc d'entendre?
O Thénard ! ô génie! on dit que de ta cendre
Tu dois renaître un jour dans le marbre ou l'airain
Avec ce vaste front, cet œil toujours serein,
Et que le Sénonais, revoyant ton image
Viendra te saluer, te rendre un digne hommage :
Ah ! reviens parmi nous ! renais avec orgueil ;
Viens, nous te préparons un bienveillant accueil.
Henri, ton noble fils, qui t'aime et te révère,
Pleurera de tendresse en revoyant son père ;
Mais, hâte-toi, Thenard, sois, dans notre cité,
Le cher et digne objet de sa félicité.
Oui, reviens parmi nous et qu'en ce jour de fête
De myrte et de cyprès, nous couronnions ta tête !

Septembre 1859.

# Le Fossoyeur et l'Empirique.

La cloche de Saint-Gervais faisait entendre dans les airs le glas monotone d'une femme qui venait d'exhaler son dernier soupir lorsque, par une étrange coïncidence, deux hommes, le front soucieux entraient dans le cimetière du même lieu. L'un d'eux sexagénaire, mais vif, robuste, portant le poids de ses soixante ans aussi fièrement que Phérècide et dont les haillons de la misère auraient pu flatter les yeux d'un moderne Lycurgue, était le père Grenouillot surnommé l'Empirique de St-Gervais, l'adversaire occulte des disciples d'Hyppocrate et de Gallilée.

L'autre, jeune encore, au caractère grossier, à l'incrédulité Pyrrhonienne, était le fossoyeur du village. Cet homme ne venait dans le cimetière que pour y creuser la dernière demeure de ses frères, l'Empirique, au contraire, ne venait dans le lieu des sépultures que pour y cueillir quelques plantes médecinales en faveur des vivants ; c'est-à-dire que, muni de son antidotaire, il se livrait à un genre d'herborisation dont il avait, seul le secret. Sa maisonnette située sur la rive gauhe de la Loire, était, ainsi qu'il se plaisait à le dire, son arsenal thérapeutique.

— Eh bien ! maître Bastien, dit l'Empirique, en humant une énorme prise de tabac, pour qui sonne-t-on ce glas?

— Pour la veuve Jarlot, répondit le fossoyeur ; cette malheureuse est morte cette nuit après une longue et cruelle maladie ; c'était une excellente femme !

— Ah ! voilà encore une malheureuse victime de son incrédulité, reprit l'Empirique, avec l'emphase d'un patricien consommé !.. Si cette femme eût voulu se confier à mes soins, elle serait encore pleine de vie et de santé ; mais il lui fallait un médecin de la ville !.. pauvre femme !.. elle ne savait pas que ces messieurs se font payer chèrement leurs visites, et qu'avec de gros honoraires ils vous laissent mourir. Patience, un jour viendra où l'on aura pleine confiance en moi; alors on saura que les plantes que je viens cueillir ici, en consultant mon antidotaire, renferment dans leur essence le principe vital.

— Vous vous abusez, père Grenouillot ; il n'y a que les badauds qui pourraient avoir une certaine confiance en vous ; nous vivons dans un siècle de préjugés où l'homme ne mesure les connaissance de l'homme que sur sa bonne mine et sa position sociales, et vous voudriez qu'en vous voyant couvert de haillons, on pût avoir une opinion favorable de vos prétendus remèdes, impossible ! ..

Blessé de son amour propre, l'Empirique fronça le sourcil, et lança sur le fossoyeur incrédule et grossier un regard de mépris.

Je croyais, lui dit-il, parler à un homme d'esprit et de bon sens, mais je vois que je ne me suis adressé qu'à un apoco qui porte sur son front le bandeau de la sottise et de l'ignorance.

— Doucement père Grenouillot, ne vous fâchez pas ; il est possible, après tout, que vous ayez quelques connaissances pharmaceutiques ; mais est-ce que de tous temps le charlatanisme n'a pas exploité la crédulité des niais !.. Tenez, sans aller chercher bien loin des preuves à l'appui de mon assertion, je vais vous parler de la mère Tinelle.

— Ah ! oui, parlez-moi de cette vieille folle, de cette femme qui se disait une Pythonisse, une magicienne, une nécromancienne, une... je ne sais quoi encore.

— Eh bien, elle aussi se mêlait de traiter les malades...

— Dites donc, interrompit l'Empirique, de tuer les malades.

— C'est précisément parce qu'elle tuait les malades qu'on craint de se faire tuer par vous.

— Insensé ! vous avez donc pris à tâche de me faire descendre l'échelle de l'humiliation !..

— Ecoutez-moi donc, père Grenouillot, je ne vous ai pas dit encore comment elle coupait une fièvre intermittente : munie d'une paire de ciseaux, cette femme s'approchait mystérieusement du fiévreux, puis lui coupait les dix ongles des doigts et des pieds.....

— Ah ! ah ! fit l'Empirique, en prenant une prise de tabac, c'était là toute sa science en pyrétologie !

— Mais, ne m'interrompez donc pas, écoutez-moi jusqu'au bout : après cette opération singulière, elle jetait dans la poêle à frire les vingt parcelles d'ongles avec un morceau de lard, et quand le tout était bien fricassé, elle donnait cette répopée à son chien en lui disant : mange-moi ça, Phanor, et demain tu auras hérité de la fièvre de mon malade.

Il va sans dire que le lendemain, Phanor se portait à merveille, tandis que le pauvre fiévreux tremblait la fièvre belle et bien...,. Hein ! qu'en dites-vous? et vous voudriez qu'après avoir vu cette femme superstitieuse, je pusse avoir foi dans vos plantes soit-disant médicinales, jamais ! ! !.... Bref, laissez-moi creuser la fosse de cette malheureuse, et prendre en même temps la mesure de la vôtre, car votre cerveau est bien malade, je ne réponds pas de vous, et voilà que le choléra commence ses ravages, gare à l'Empirique et à ses herbes !...

— Jeune homme, dit l'Empirique d'un ton grave et solennel, tu choisis mal ton sujet à plaisanterie ; sais-tu bien que la mort se joue quelquefois de la jeunesse présomptueuse et qu'elle épargne le vieillard.

— Elle ne vous épargnera pas, vous ; voyons couchez-vous là, vous dis-je, que je prenne la mesure de votre fosse. Ah! vous ne voulez pas !... Eh bien je ne crois pas me tromper. 1 mètre 88 centimètres....

Et en même temps, le fossoyeur audacieux traça avec sa pioche des lignes perpendiculaires pour creuser deux fosses au lieu d'une.

Indigné d'une plaisanterie aussi immorale, l'Empirique se contenant à peine, s'éloigna de l'insolent qui faisait un si souverain mépris de sa personne ; puis, ayant cueilli quelques plantes sur le tombeau de ses frères, il s'en retourna dans sa maisonnette en se plaignant intérieurement de l'incrédulité des hommes ; mais tout en se promettant de ne jamais se laisser aller au découragement.

Déjà six mois se sont écoulés depuis l'enterrement de la veuve Jarlot, et l'Empirique n'a pas revu le fossoyeur ; mais il en a gardé le souvenir. Quelques malades que des médecins avaient considérés comme incurables, ont eu recours à lui et ont recouvré la santé en moins de huit jours de traitement. Ces cures merveil·leuses valurent au pauvre Empirique une oréole de considération et d'estime.

Dès lors, le père Grenouillot crut voir à l'horison, les portes d'un monde confiant et crédule, s'ouvrir devant lui ; son cœur tressaillit de joie à la seule pensée d'un sort meilleur. Un jour qu'il revenait tout radieux de visiter une jeune dame, malade depuis plusieurs années, il trouva sur le seuil de sa porte, M. le curé de Saint-Gervais, qui l'attendait depuis quelques minutes. M. le curé, homme paisible et sans façon, lui serra la main avec une touchante cordialité.

— Bon papa Grenouillot, lui dit-il d'un ton affectueux, vous venez probablement de prodiguer vos soins à quelques pauvres malades?

— Oui, M. le curé, je viens de sauver la vie à M^me Germain; je dis sauver la vie, car cette jeune dame n'était qu'à deux doigts de la mort: atteinte depuis huit ans d'une gastrite hystérique, elle eût succombé à cette maladie, si elle ne m'eût pas mandé auprès d'elle; son médecin lui disait qu'une telle affection était un ennemi avec lequel il fallait vivre. Mais donnez-vous donc la peine d'entrer, M. le curé.

Et M. le curé entra avec respect dans l'humble demeure de l'homme utile et laborieux; puis, s'asseyant sur une chaise boiteuse, il dit: — Mon cher papa Grenouillot, en venant vous faire une petite visite, j'éprouve le besoin de vous exprimer combien je suis heureux de vous voir grandir dans la confiance des habitants de Saint-Gervais, croyez bien que toutes les fois que j'aurai l'occasion de parler de vous, je le ferai à votre grand avantage; mais je ne dois pas vous dissimuler mes craintes, je crains qu'exerçant la médecine illégalement......

— Bien! bien! je vous comprends, interrompit l'Empirique sur un ton assuré! oh! ne craignez rien, M. le curé, ne craignez rien, je puis exercer la médecine sous les yeux de tout un monde médical, sans la moindre inquiétude. Je souffre avec une résignation courageuse le surnom d'Empirique, car le voile mystérieux sous lequel je m'enveloppe, m'est commandé par des raisons spécieuses; je ne puis déchirer ce voile, qu'en arrivant au sommet d'une honnête fortune; espérons que cet heureux jour viendra.

Surpris, étonné d'un tel raisonnement, M. le curé jeta un regard inquisiteur sur la personne du malheureux Empirique, et crut reconnaître sous les haillons de l'Infortune, un homme de distinction, un génie persécuté par le malheur. Les lambeaux de la misère ne peuvent pas plus dissimuler l'esprit et la science que l'habit noir et les gants jaunes ne peuvent cacher à nos yeux l'ignorance et la grossièreté: deux ou trois paroles suffisent quelquefois pour vous trahir; de même la fortune ne donne pas de l'esprit à celui qui n'est pas né pour en avoir, et l'habit riche et élégant n'ôte rien des habitudes vulgaires à la personne sans instruction et mal élevée. Voyez cette jeune femme, elle cherche vainement, par sa grande toilette, à se faire passer pour une dame du bon ton; sa conversation lourde et grossière n'est point en harmonie avec son chapeau et sa robe de soie ; plus elle s'efforce de paraître spirituelle, plus elle paraît grossière et sans usage ; elle nous fait penser à cette vieille maxime : Il y a des sottises bien habillées, comme il y a des sots bien vêtus.

— Savez-vous, dit M. le curé, que le fossoyeur Bastien et sa femme, sont dangereusement malades ?

— Non, Monsieur, j'ignorais cette fâcheuse nouvelle.

— Eh bien, je vous conseille d'aller les voir, vous les trouverez dans une très-mauvaise position ; mais j'espère que vous saurez les guérir comme vous en avez déjà guéri tant d'autres ; allez mon ami, allez, Dieu vous protège.

Et M. le curé ayant serré de nouveau la main de l'Empirique sortit en lui souhaitant tout le bonheur qu'il méritait.

Le père Grenouillot courut visiter les deux malades ; il les trouva effectivement en proie à d'horribles douleurs d'entrailles et d'estomac.

— Vous êtes, leur dit-il, atteints de la même maladie. Je vois dans votre maigreur extrême, votre couleur de parchemin, tous les symptômes de la gastro-entérite la plus intense, moi seul puis vous guérir radicalement, je puis vous sauver tous les deux. Choisissez entre la vie et la mort ... Cette sentence prononcée avec l'accent de la certitude produisit un effet terrible sur le cœur de la femme Bastien : mais son mari, le fossoyeur, levant la tête par un de ces mouvements fébriles, dit d'une voix à demi éteinte.

— Que venez-vous faire ici vieil Empirique en haillons ? nous offrir votre remède, sans doute, nous n'en voulons point, nous n'avons pas, comme Mithridate, un corps habitué à lutter contre les effets du poison.

— Je vous le répète, Monsieur le fossoyeur, je connais votre maladie et je jure devant Dieu et les hommes de l'art de vous guérir ! si votre médecin avait, comme moi, employé vingt années de sa vie à des recherches minutieuses et fait des expérimentations chimiques ; s'il avait acquis des connaissances plus étendues sur la pathologie, certes vous seriez déjà guéri... voulez-vous mourir ? mourez !.. la mort est-là qui plane sur votre tête !..

La femme de Bastien qui préférait la vie à la mort et qui n'aspirait qu'à l'heureux moment de sa guérison dit à l'Emrique :

— Je ne songe qu'à me guérir, tant pour ma satisfaction que pour le bonheur de mes deux enfants ; et puisque vous êtes sûr de pouvoir nous sauver, vous nous apporterez votre remède, et nous le prendrons en toute confiance.

— Que dis-tu là, Juliette, s'écria le fossoyeur avec toute la défiance d'un nouveau Pygmaillon, prendre le remède des mains d'un Empirique, ah ! tu es une femme perdue !..

— Votre femme vivra, répliqua l'Empirique, j'en réponds en l'honneur de la médecine, et vous, écoutez bien cette vérité : vous descendrez dans la tombe que vous avez si effrontement tracée pour moi !

Le lendemain, dès les sept heures du matin, Juliette prenait sous les yeux de l'Empirique le remède souverain qui devait la sauver. et huit jours plus tard elle était heureusement rendue à ses occupations et à ses enfants, mais le fossoyeur avait succombé victime. de son incrédulité, et la fosse qu'il avait mesurée pour le père Grenouillot, s'était creusée pour lui. Exemple frappant qui prouve une fois de plus que la jeunesse présomptueuse a tort de tant se croire par elle-même et de tourner en ridicule le vieillard et l'infirme.

On ne manqua pas de crier au prodige, au miracle ; la renommée de l'Empirique ne fut plus qu'un parfum qui nous charme et nous enchante, et comme si la providence eût voulu lui fournir l'occasion de s'immortaliser, il découvrit une plante à l'aide de la quelle il guérissait infailliblement du choléra, de ce fléau destructeur qui sévissait depuis quelques jours d'une manière effroyable. On accourut chez lui de vingt lieues à la ronde. L'Empirique se fit payer fort cher ses médicaments ; aussi vit-on bientôt ses haillons faire place à des vêtements riches et sa maisonnette se transformer en une belle et vaste maison bourgeoise. Heureuse transition ! le chétif insecte, qui hier encore rampait sur le sol, s'est métamorphosé en papillon, et aujourd'hui fier de ses ailes soyeuses, il s'élève majestueusement dans les airs !..

Mais l'incident prévu par l'honorable curé ne tarda pas à se réaliser : Jaloux de ses succès, et de sa nouvelle fortune, les médecins se déchaînèrent contre lui et lui intentèrent un procès. Le père Grenouillot fut cité à comparaître à la barre du tribunal de Blois pour s'entendre condamner pour exercice illégal de la médecine.

Les débats ne furent pas longs. Le président prononça contre l'Empirique huit mois de prison et mille francs d'amende.

— Accusé Grenouillot, lui demanda-t-il, avez-vous quelques observations à faire au tribunal sur votre condamnation ?

— Oui, M. le président, répondit le père Grenouillot avec le calme et la tranquillité d'esprit d'un innocent fort de sa conscience.

Alors se retournant gravement vers ses juges — : Messieurs, leur dit-il d'une voix intelligible, si le jour de sa naissance l'homme apportait au monde le triste privilège de connaître les principaux moteurs de sa destinée, il verrait bientôt se dessiner à l'horizon deux chemins, l'un, le chemin du bonheur et de la gloire, l'autre. celui des déceptions et des vicissitudes de la vie humaine.....

— Accusé, interrompit le président ; je vous invite à sortir de votre système de tergiversation ; dites-nous simplement et purement ce que vous avez à nous dire sans aller chercher si loin des arguments inutiles.

— Très-bien, Monsieur le Président : je vais m'expliquer plus clairement et d'une manière succinte: Enfant de la Haute-Garonne, possesseur d'une belle fortune, j'eus le malheur de la perdre dans un procès malheureux dont je garde le souvenir. Réduit à la plus affreuse misère, la vue de mes amis qui m'avaient vu briller dans le monde élégant ne pouvant qu'ajouter à mon humiliation. je me décidai à quitter mon pays pour venir, sous les haillons du malheur dans le département de Loire-et-Cher, et je vins me fixer à Saint-Gervais où je pris le nom roturier de Grenouillot. Bientôt les habitants du village me voyant herboriser tantôt dans le cimetière, tantôt dans les bois, dans les prés, ajoutèrent à ce pseudonyme l'épithète peu flatteuse d'Empirique.

Eh bien ! messieurs, eh bien ! la Providence m'ayant rendu la fortune que j'avais malheureusement perdue, je reprends avec orgueil mon véritable nom, et j'ai l'honneur de vous dire que j'exerçais et que j'exercerai encore la médecine légalement ; l'homme auquel vous venez d'infliger une condamnation un peu sévère, est, non pas un Empirique, mais le baron de Vassas, docteur en médecine, membre de la Société académique des sciences physiques et chimiques de France, de la Société royale des sciences et arts d'Anvers, de la Société minéralogique d'Yéna.

Un tonnerre d'applaudissements retentit dans la salle, bravo ! bravo !...

Et maintenant, reprit triomphalement le baron de Vassas, messieurs les médecins, vous que je vois ici dans cette enceinte, vous tous qui croyiez me tenir sous le poids de l'évidence, je secoue à vos yeux la poussière de ma robe et je jette à vos pieds le surnom d'Empirique. Je dirai plus, messieurs, je vous invite, dans l'intérêt de l'humanité, à vous livrer comme moi, à des études consciencieuses, à des travaux assidus, à une expérimentation éclairée. La médecine est la fille de l'observation. Honneur donc à celui qui sait trouver de nouvelles combinaisons médicamenteuses, remettre en pratique celles que le caprice, les préjugés avaient fait rejeter avec aussi peu de raison qu'on en avait eu d'abord à les vanter outre mesure.

Oui, messieurs mes confrères, je suis parvenu, à votre grand regret, sans doute, à découvrir un remède héroïque, souverain, qui n'admet pas d'incurabilité ! Avec ce remède qui m'a coûté bien des recherches, je guérirai vos malades et je vous guérirai vous-mêmes !

Ces dernières paroles sont accueillies par une triple salve d'applaudissements, et la condamnation du prétendu Empirique est frappée de nullité ; le baron de Vassas reçoit les félicitations de tout le monde et sort du palais, plus fier, plus glorieux qu'un général qui vient de remporter sur l'ennemi une brillante et éclatante victoire !

## FIN

Auxerre, imprimerie de BOUDIN, place du Marché.

www.ingramcontent.com/pod-product-compliance
Lightning Source LLC
Chambersburg PA
CBHW060819180626
46818CB00002B/873